杉谷昭人詩集

十年ののちに

鉱脈社

目次

——杉谷昭人詩集

Ⅰ　十年ののちに―――9

Ⅱ　風　景　41

装幀・装画　榊　あずさ

詩集　十年ののちに

Ⅰ　十年ののちに

あの日の電話

あの日も日が暮れようとする時間だった
とつぜん電話が鳴った
町の獣医さんからだった
わが家の牛からも口蹄疫のウイルスが出たというのだ

その五日ほど前にも連絡があった
居間の古い電話の方がやかましく鳴った
町内すべての牛と豚の検査をするのだと
ただその電話の声はひどく冷たかった

県庁のバッジを胸につけた白衣の男たちが現れ
わが家の二百頭の牛から三頭ほどを選んで
血を取ったりとあれこれして帰ったのは
それからさらに二日後のことだった

あの日の電話はその結果だった
ただ声の主が町の獣医さんからだったので
私はその知らせも黙って聞くことができた
獣医さんの声もあの古いダイヤル式電話から聞こえてきた

あれから十年　昔の電話はスマホに代わってしまったが
私の耳で鳴りつづける音は昔のままだ
獣医さんの低い声　何度も何度も口ごもって……

そして二百頭が整然と埋却地に向かったあの足取り
あの牛たちの足音のかすかなざわめき
何かを確かめるように反芻していた干し草の匂い
いまも無人の農場に流れる枇杷の葉のそよぎ
何も彼もあの日のままなのだ

農場跡

とんでもない話を聞いた
子牛が一頭生まれたというのだ
この村では四年前に口蹄疫が発生し
三千頭もの牛がガスで殺処分されて
うち一頭の雌牛が埋却ぎわに出産して
ある農夫がその子牛をこっそり隠した

獣医師の眼をかすめて育ったその牛が
今朝がた新しいこどもを産んだという

あってはならないはずのことだが
その噂を信じたいとみなが思っている
ただ子牛を見た人はまだ誰もいない
村じゅうひそひそ声が流れているだけ

同じ日の夕暮れ　わが家の犬が死んだ
ミルミルという十四歳のシーズーだ
生まれた子牛と息の絶えた老犬と
生と死はいつも連れ立ってやってくる
それぞれの意味を補い合いながら
私たちはそう信じて生きている

牛たちが埋められた農場跡に隣接して
いかにも洋風のペット霊安所がある

動物たちはいつも逆縁の記憶のなか
鮮烈な輪郭を残して去っていく
妻が愛犬の骨壺(こつつぼ)をなでつづけている
窓の外に枇杷の林が小さく見えている

木槿の垣

木槿の花が咲きはじめた
何百メートルとつづく白い垣に
ときどき茄子紫の絞りが混じって見える
日暮れになると誰かその垣に馬をつなぐ気配がする
いつもどおりの風景である

垣の向こうには農場がひろがっている
しかし牛のすがたは一頭も見えない
八百頭余の牛たちはみな殺処分されてしまったのだ

ただ垣の延びるいちばん端の外れに
荷役用の馬小屋だけが小さく残っている

口蹄疫がとつぜんやってきたのは四年まえだった
村じゅうの牛たちがみなこの農場に集められ
最後にはもう殺処分のための注射液も届かなくなり
牛たちはガス銃で窒息死させられたのだ
それがいつもどおりの風景になりかけていたのだ

この農場はかつては空挺部隊の基地だった
木槿の花の咲きはじめるこの季節
多くの若者たちが特攻機で飛び立っていった
私たちの父や母にとって
それはいつもどおりの風景だったと言えるかどうか

木槿の垣が白ばむにつれて風の匂いが尖ってくる
風はいつも死者たちのかたちをなぞり
花びらのひとつひとつに寄り添いながら遠去かる
そのとき　過ぎ去ったものの記憶とともに
私たちの日常がわずかにその意味を取りもどす

畜魂祭

畜魂祭の会場まえで蝦蟇口を拾った
この手で殺した牛たちを埋めた牧草地の跡だ
とび色の牛皮にはまだタンニンの手ざわり
口金には四月の風がうすく光っている
この古めかしい道具にはまだ新品の匂いが残っている

会場の入口には議員さんの姿がそろっている
どうやら統一地方選挙が近いせいだろう
そろっていると言ってもこの町では

町会議員の議席はたった八つだけなのだが
わたしたち牛を飼っていた仲間の姿はまだひとりも見えない

この町が口蹄疫に襲われたのは四年まえのことだった
三十万頭からの牛と豚がガスで殺処分されて
農場に掘った大きな穴につぎつぎと埋却されて
その上に菜種やコスモスの種子が撒かれた
〈畜魂碑〉と刻まれた一本の石碑も建った

生活のない土地が生まれて
記憶を作り出しようもない毎日がやってきて
わたしたちは慣れない仕事についた
道路工事　小荷物の配送　コンビニの店員
きょうはみんなが帰ってくるはずの日なのだ

畜魂祭のざわめきとともに拾った蝦蟇口を手にしたまま
わたしは　いやわたしたちは何かをじっと待ちつづける
一年ぶりにあの髭面に会えるかもしれぬ
牛小屋の干し草の匂いが嗅げるかもしれぬ
足下の小石の蔭から一本の牧草が芽生えてくるかもしれぬ

短い夏

年老いた農夫が牛舎を掃除している
額のしわがいっそう黒くなったように見える
五歳になる孫娘は入口の門を磨いている
毎朝の風景である
四年前からのそれが日常である

でも牛舎には一頭の牛も見えない
敷きわらもないコンクリートの床のうえに
けさも朝の日がしっかり反射している

口蹄疫がやってきたあの夏の日と同じように
農夫はいっしんにその牛舎の床を磨いている

あのとき牛はみなこの床をのたうちまわっていた
蹄の数が偶数の動物だけが死んでいった
豚や山羊が倒れても馬や犬は死ななかった
蹄の数にどうしてそんな力があるのだろう
動物たちの瞳には朝日の色も同じように映っていたのに

今年もあの時と同じように夏は短かった
戦争の準備をしようと煽る男が出てきた時も
農夫は同じ手つきで牛舎の床を磨いていた
国会議事堂の前には無言の群衆が集まって
この農夫と同じ誠実さで雨の中に立ちつくしていた

すでに夕暮れであった
孫娘の方は農場入口の木槿の花を見上げていた
となりの村でも空っぽの牛舎に灯がともり
大都会の街路を埋めつくした人びとは
口説だけの首相に向かって拳を突き上げていた

コスモスの畑

いちめんのコスモス
なんとも坐りのわるいことばだ
十枚分の牧草畑のあとを埋めつくすように
おそい秋の日差しいっぱいの咲きようだというのに
お世辞にも花いっぱいとは言えない揺れようなのだ

ここには一昨年まで牛舎が立ち並んでいて
三月には牧草の芽生える香りがひろがっていて
百頭余りの牛たちの啼き声が朝夕溢れていた

この農場を口蹄疫が襲ったのは不意のことだった
村のすべての牛たちが殺処分されていった

牧草ぐるみに埋却用の穴が掘りはじめられ
牛たちがワクチンの注射器ごと埋められてしまって
農夫たちがその作業を自分の手でみな終えたあとに
ながくつめたい夏がきた
農夫たちはその穴の上にコスモスの種子を撒いた

いちめんのコスモス
しかしきょうのこの風景の軽はずみなひろがり
学校がえりに毎日通った菜の花の畑にくらべて
どうしてこうも落ち着かないのだろう
すべてのコスモスがたとえ死の記憶だとしても

ある朝とつぜん牛舎から引き出された牛たち
ウクライナの上空から落ちてきた旅客機
シリアの砂漠で砲撃された民家の土壁
御嶽山の頂上に残っている赤いパーカー
わたしたちはどの死と親しむことができるのか

死を強いられたものたちの見開かれた瞳
ついに届かなかった最期の訴え
十二月も近いというのにまだ咲いている
それは異様な風景だ
この農場にはいまいちめんのコスモスが咲いている

水道検針の日

冬が来た
この農場につづく山ぎわの土地に
三百頭からの牛たちを埋めて
五回目の冬が来た
山風の吹きはじめる季節にはまだ少々早かったが
今年はじめて赤茶けた牧草が舞った
その風に押されたような足取りで
十数棟はあろうかという牛小屋の一郭から
ひとりの男が姿を現した

村役場の水道検針員だった
五年前のあの牛たちの埋却の日も
水道検針の日だった
あの日、男は何も言わずに
牛たちが自分たちの墓場に運ばれていく光景を
ただ黙って見送っていた
農場に働く者はみな涙をうかべていたが
その検針員の男の眼はただ乾いているだけであった
大きく見開かれているだけであった
彼の妻がその日の十日前に亡くなっていたことなど
農場の者たちは誰も知らない
あの日の夕暮れ、牛たちの姿がすべて見えなくなったとき
彼がはじめてわずかな涙をこぼしたこと
枇杷の木がとつぜんざわざわと鳴ったことなど

誰も知らない
涙の真実の意味はその人にしか分からない
この村の、この冬はじめての涙がどこで生まれ
この世界の、この月はじめての慟哭がどこで流されたものかは
誰も知らない

夕暮れに

きょうも夕暮れがきた
三台の撒水器がそれぞれの役目を終え
牧草が今朝がたと同じように緑を取りもどして
また一日が過ぎた
しかし牛舎に帰ってくる牛はいなかった
ただ外柵わきの枇杷の木がいつものように
何本か夕風にそよいでいるだけであった
村じゅうの農場がそろって口蹄疫に襲われたのは
六年前のことだった

牛たちは約三十万頭みな殺処分されることになって
やはりきょうと同じようなうすぐらい夕暮れにワクチンを打たれ
農場に隣り合って掘られた底深い埋却場に向かって
のろのろと追い立てられていったのだった
長い列のおしまいの一頭はまだ生後一ヶ月という子牛だった
その一頭はまだ日ごろ足元もおぼつかないというのに
その日に限って細い四本の脚をしっかりと踏んばって
どうしても動こうとしないのだ
そして大人たちが顔を見合わせて一息ついたとき
その家の四歳の男の子が子牛に寄ってきて声をかけた
「さ、行こう」
すると子牛がすっと歩きはじめたのだ
まわりから声にならないどよめきが起こった
そして農場にはほんとに誰もいなくなった

ただ暗闇だけが残っていた
自らの死に向き合うとき人は誰でも沈黙する
人はすべての未来に対して寛容になる
四歳の男の子があの日に手に入れようとしたものは何だろう
ヒロシマから移住してきてこの土地を開拓したその祖父のように
すでに自分のとおい未来を予感していたのか
子牛は三十分のちにはやってくる自らの死をすでに受け入れていたのか
農場跡の牧草の匂いも闇の色合いも
何ひとつ変わらない初夏の夕暮れどき
あの日と同じように小さな風が過ぎていく
じっと耳を澄ましているとシリア文字の銃声が聞こえたりする
そのたびに枇杷の葉の落ちる気配がする
ただ風はあまりにもわずかなので
枇杷の葉がほんとに落ちる様子を見た人は誰もいないのだ

十年ののちに

五月の風が吹いている
牛舎の扉はきょうもかたかたと鳴っている
農場の入口の枇杷の木の影の長さも
昨年の夏と同じままだ
十年前もそうだった
食べごろの牧草の長さも
入口の扉の閂の錆の色も
みなそれぞれの時間を
たぶん百年前も同じ正確さで

ただ黙って刻んでいたにちがいない
そしてきのうもきょうも
同じ農場のなかに私が立っているのは
私がこの風景の一部にちがいないからだ
たくさんの牛たちがこの風景のなかにいたように
それほど難しいことを決めていたのも
あの牛たちだったにちがいない
この農場の時間の測り方
この牧草地の匂いも広がり方も
空が大きく曇ったあの日から
私たちにはもう分からないままなのだ
ただあの埋却された動物たちだけが
そのあたりは
しっかり記憶していたにちがいないのだ

閉校の日に

この学校がなくなるという最後の日に
わたしたちはもう一度だけ教室のかたづけをした
この教室に残しておく自分の作品を決めるのだ
私は窓から見える校庭の絵をえらんだ

自分の作品をこの教室に閉じ込めるのは悲しかった
全校でわずか五人のわたしたちが
みなめいめいに　でも同じ思いで
自分の絵や習字をいつまでも見つめていた

毎日この学校に通ったわたしたちの足跡は
校庭のどこに残しておくのだろう
おしゃべりは誰が記憶していてくれるのだろう
窓からはわたしの絵の風景がきょうも見えているのに

そこにはたくさんの仔牛たちが草を食んでいた
真昼になると仔牛たちは牛舎に引き揚げて
しばらくはその農場全体が静まりかえるのだった
その農場も昨年の秋になくなってしまった

さあ　そろそろおしまいにしよう――
きょうの先生は水玉のネクタイをしている
先生がいつも黒板に書いていた〈希望〉という字を

わたしたちはいつまでも忘れない
そしてほんとにおしまいのベルが鳴った
校庭のヤマモモの木がもう紅色に芽吹いていた

Ⅱ 風景

死者と生きる

二月・ある死

アベ政治を許さない――
渾身の思いをこの九文字に託して
世紀の宗匠*は去った
いま雨のなかに消えていくその柩の蓋が
死者の無念さでかたかたと鳴った
彼に共鳴する会葬者の胸の思いも
しずかに　しかし確かに反響していた

死者を乗せた車が去ったあとに
彼の決意を支えていた俳句の数々が
また雨のなかに一斉に立ち上がろうとしていた

原爆許すまじ蟹かつかつと瓦礫歩む
被曝の人や牛や夏野をただ歩く

＊金子兜太

五月・またある死

3・11の日の三日後に
私は思い切って仙台に電話をかけた
津波は大丈夫でしたか

ええ、うちは大したことはありませんでした
遠慮がちな答が返ってきて
それでも吐息したような気配が伝わってきて
近所の自動販売機を見てまわりましたが
荒らされた跡はひとつもありませんでしたよ
それからさらに低い声でその人は言った
日本て、いい国ですねえ

今朝、その人*の訃報が届いた

＊尾花仙朔

冬・国会

立冬

たとえば百台の車の売買契約をキャンセルされて
それと同じ代金で二百台を引き取ってもらおうとか
正気で考えるセールスマンがいるだろうか
もう取り引きはお断わりだと通告されて
それでも未練たらしく見積書を送りつづける
彼は誰に忠誠を誓っているのか
そんな法案がお決まりのごとく強行採決されて

総理は衛視にかかえられながら議場から消えた
私たちの時代にまた一瞬の空白が生まれて
季節にははや冬の気配がした

午後のテレビ

人はときにいわれなく謗られる
きびしく弾劾されることもある
そのときはかならず立ち止まってみることだ　と
それが母の口癖だった
私たちはそうして一人前になってきた
〈強行採決は考えたこともありません〉と
この国最高の選良と知性の集まっている議場には

終日意味のない総理の言説が飛び交い
となりの国のよく分からない言葉の表現の方が
つよくつよく胸に響いてくる年の暮れだ

総理の夏

リーグ勝ち数トップのエースが9じゃないか
ホームラン王も9じゃないか
盗塁王の背番号も9だとはどうしてなんだ
どうしてそろいもそろって9なんだ
いえ、それみな別々のチームなんですけど
とにかく背番号9だけはやめるように
そうルールブックを変えたらどうだ

憲法に9条があっては戦争ができないとか

政府に反対する者は学校の先生になれないとか
外国人は勝手に住所を移してはいけないとか
どれも法律第九条にはちがいないが
でも戦争をしないのはよいことではないかしら
戦争したいしたいと叫ぶような人は
裸の王様の一歩手前でないかしら

どうして機動隊になぐられたのだろう
大好きな坂本九ちゃんのTシャツを着ていただけで
とつぜんデモの列から引きずり出されて
Tシャツの九の字はずたずたにされてしまった
戦争に反対したのがやはりいけないのかな
『九条武子歌集』が書店の棚から撤去されたなんて
笑い話にもならないような気がするのだが

今年の夏も暑い
季節はいつも単純だ
この国の総理のように頑冥固陋、問答無用だ
この一夏を生きていくには途方もない誠実さがいる
たとえばこの破れたTシャツを着つづけるとか
国会前のデモにきょうも参加していくとか
それから……
スランプでもひいきの背番号9を応援していくとか

夏・日暮れに

実証性と客観性を軽視もしくは無視して
自分が欲するように
世界を理解する態度のこと――

仕事帰りにいつも立ち寄るバス停前の小さな書店
夕暮れどきのざわめきを破って目に飛び込んできた
たった三行の新書[*1]のオビ文

「反知性主義」とは――とオビのリードにある

でも私にはそれで十分だった
青白い、あの無表情な顔つきはまさに夕暮れだ

右だ左だとその信念を問うまえに
まずあの男には人を愛することができない
人を信じることをまるで恐れてでもいるかのように

だから彼はあんなにも饒舌になってしまったのだ
その国会の答弁のただ長ったらしいこと
人の胸に届くことばはいつも短いものだ

〈アベ政治を許さない〉
その一言で永遠に記憶される俳人[*2]がいる
勇気づけられて戦う私たちがいる

この国のいくつもの戦争の悔恨のすべてを
この国の未来のすべてを
わずか九文字のねがいに託して……

今日という日はまだ暮れない

＊1　佐藤優『知性とは何か』（祥伝社）
＊2　金子兜太

道理はひとつ

言われてみれば道理な話――
と、これがじいちゃんの口癖だった
孫たちに言い負かされて口をつぐむときの
最後のご挨拶だった
それからじいちゃんはやおら右手をのばし
炬燵の底から自分の財布をゆっくり取り出す
じいちゃんから小遣いをせしめると
弟たちは手をたたきながら外へ出ていくのだった

じいちゃんは私が小学生になったころ
つまりこの国が世界を相手に戦争を始めたころ
郵便局の局長さんだったというから
それなりに理屈だって達者だったはずだ
それがなぜ私たちとの言い合いには弱いのだろう
それが不思議で私はいつもじいちゃんの側に残った
そのようなあるとき、じいちゃんがぽつんと言った
正義は人の数ほどあるけれど
道理はひとつしかないんだよ——

あの日からながい月日が過ぎて
私もじいちゃんの亡くなった年齢をとうに過ぎて
あの日のじいちゃんのように炬燵にもぐっていると
あのころはなかったテレビの画面のクローズ・アップ

昔の領土を取りもどすには戦争も考えて……
戦争という選択肢もあるのでは……
いくらまだ二十代とはいえ国会議員の発言
さすがの総理大臣ももてあまし気味だ

さて、振り返ってみるとこの私は
私は八十四歳の今日まで道理正しく生きてきたか
ちょっぴり道を外したことはなかったか……

背筋が再びしゃんとしてきた

落ちたおにぎり

紺色のスカートの上に三角のおにぎりが落ちた
幼稚園の制服のままの胸もとにも米粒が残って
そのおにぎりは体育館の床の上に転がった
すぐとなりから小さな手が延びてそれを拾い上げ
「はい」と言うように差し出した
同じ色の制服を着たままの男の子だった

体育館は何百人という人たちで溢れかえっていた
まるで昨日の津波がそのまま流れこんできたように

そしていまはじめて救護の食事が届いたのだ
おにぎりを受け取った女の子はつと立ち上がると
そのおにぎりをふたつに割って見くらべながら
大きな片方を男の子に黙って手渡した

テレビの映像はそこで途切れた
いや、別の場面を映し出そうとしているのだったが
ただごった返す人また人の背中しか見えなかった
私もかつてその重なり合う人の波のなかにいた
北緯三十八度線　朝鮮の引揚者収容所の米軍天幕
二十人用の軍用天幕に百人も押しこまれた姿で

朝夕一人に一個ずつの赤い高粱（コーリャン）入りのおにぎりを
母はおなかが痛いからと何日も口にしなかった

弟と私はそれを奪い合うようにして食べた
育ちざかりの子どもたちに少しでも食べさせようと
母が精一杯の嘘をついていたのだと悟ったのは
ずっとあとになってからの話だ

私たちは体験した痛みでしか理解できない
これまでの思い出の範囲でしかやさしくなれない
だから私たちは無関心な隣人を恨んではいけない
ときには残酷になる若者を責めてもならない
ただひたすら誠実に向かい続けるだけでいい
あの小さなおにぎりを分け合っていた子どもたちのように

手造りの柩

モスクワに遺体を引き取りに行ったことがある
同じ組合の仲間が交通事故で亡くなったのだ
〈33病院〉とだけ記された灰色の壁の病院の地下室
彼は鉄製の柩のなかで眠っていた

木でできた柩はないのかと私たちは抗議した
白衣の男の看護師が当惑した顔で答えた
これがこの国のあたりまえのやり方なのだと
私たちはただ口をつぐむほかはなかった

その翌朝、私たちは思いもかけぬ光景を見た
死者がまだ鉋の目も粗い白い柩のなかにいたのだ
何の木か分からなかったがたしかに木の匂いがあり
彼は昨夜それを父親と寝もやらずに仕上げたという

遺体を東京に連れ帰る朝、同じ病院の裏庭で
私たちは医師や司祭の人たちと別れた
祈りのあとにも十字を切らないロシア正教だが
その看護師だけは最後に右手をそっと胸にあてた

私たちはそのまま郊外の空港に急ぎ
そこで遺体をふたたび鉄製の柩に納めなおした
それがこの国の規則だというのだ

白木の柩の方は空のまま貨物室に積みこまれた
ソビエト連邦崩壊のニュースはその翌年
モスクワで死んだ仲間の一年忌のころだった
あれからもう四半世紀がたつ
街にはきょうも共謀罪粉砕の幟が林立している

私たちは経験の範囲でしか理解することができない
ささやかな日常の言葉でしか語ることができない
あの手造りの柩と小さな十字、この国の総理の言説
その落差を埋めるべきひとつの単語を求めて……

私たちは今朝もさわやかに目を覚ます

夏・妻の死

夏のはじめに妻が死んだ
まるでこの季節を待っていたかのように
とつぜんの別れだった
私たちはもうそれなりに年を取っていたから
妻の死を見届けたのは私ひとりだった

昨年の同じころのことだった
古くからの友だち夫婦が私たちを訪ねてきた
国会議事堂前のデモに参加してきたという

東京まで行って戦争法案反対を訴えたという
妻はその報告に目をきらきらさせていた

機動隊が九条の会のTシャツを狙い打ちに
デモの列から引きずり出したという話には
妻は大きな声をあげて笑った
五十歳を過ぎても幼な顔のままの妻は
機動隊にも世論は見えているのねと言った

声が笑っていたので冗談のように聞こえたが
しかし妻の目はけっして笑ってはいなかった
世の中が動くとはこういうことなんだね
妻は一瞬まじめな口調にもどってそう呟いた

私も東京に行ってみたいなあ

来年は行こう　と私は妻を励ました
国会議事堂をまだ見たことのない妻のために
私は仕事もいっさい止めようと決心した
しかし今年のその夏を待たずに妻は死んだ
これも世の中が動くということなのだろうか

妻の遺影の前には一枚のＴシャツがある
９の字が背中に大きく入ったグリーンの色だ
憲法九条ではない　坂本九ちゃんのクラブのだ
それもよい　九ちゃんだって一九六〇年
世論が大きく動くのを見て育った仲間なのだ

河内追分

文明はこの道を通ってやってきた
フランス製の自転車　天然痘
ナイロンの靴下　水俣湾の魚たち――と
時には原因不明の病気もやってきた
いや、分かってはいたのだが
わたしたちはただ気づかないフリをしていた
それだけのことだ
ただこの追分で二手に分かれて
肥後と日向に駆け抜けていったものがあった

それだけは確かなことだ
行き倒れの旅人の死骸をこえて
その文明とやらのマントの裾をようやく捕らえたとき
その影はすでに国境（くにざかい）の峠を越えていた

（阿蘇往還　一）

高森峠

峠にはじめての雪が降った
正月までにはまだ半月もあるというのに
今朝の扉口はぎしぎしときしんだ
わたしはいつもと同じ時刻に目を覚まし
庭に出て峠に手を合わせた
これだけの仕草のうちにわたしの四季がある
きょう一日の希望のすべて
冬耕の最後の一枚の畑のひろがり
今年の守り柿の穫り入れ

その梢の向こうには
昨年の夏に亡くなった妻の笑顔がある

（阿蘇往還　二）

白川水源

この村の山を抜いて鉄道を走らせるという
九州山地の東西を二時間半で結ぶという
その壮大な計画が頓挫して四半世紀がたつ
峠向こうの村の水源は涸れてしまったという
こちら側では水かさこそ変わらなかったが
肝心の土地は軒並み買い取られて
わたしの歳も八十をとうにこえてしまった
自慢だった田んぼはいまは水源池公園だ
わたしは今朝も五時からその公園の清掃に取りかかる

年寄りには少々こたえる仕事だ
陽がのぼるにもまだ幾許(いくばく)かの時間がある

（阿蘇往還　三）

湧水公園

ぷく、と水の弾ける音がして
水面はまたしずかになった
山毛欅（ぶな）の樹が黄色く小さな花をひろげて
そのままのかたちで水の上に映っているのだ
そんなはずはないのだが
その沈黙が私たちを惑わせるのだ
もう一度　水の跳ねる音がして
そこから日暮れがきた
水の上に一面の静けさがただよい

私たちふたりの影も手を取りあって
そのままの形で水源の闇に沈んでいった

（阿蘇往還　四）

立野宿

往還沿いの格子戸に十字絣の女が消えて
そのまま辺りに夕暮れがきた
十字の紋様だけが道の上に残っていた
野良猫が一度だけ
それも昨日と同じ角度で道路を横切って
最後の十字も闇の底に消えていった
宿の灯がひとつだけ点っていて
その影がほんのりゆらめいたあとには
もう何事も起こらなかった

池の石斑魚(うぐい)がわずかに跳ねたくらいだった
それから本物の闇が来た

（阿蘇往還　五）

詩集『十年ののちに』完

【初出一覧】

Ⅰ　十年ののちに

あの日の電話	未発表
農場跡	「朝日新聞・東京」（２０１５・２・３）
木槿の垣	「詩人会議」８月号（２０１５・８・１）「農場跡」改題
畜魂祭	「ＰＯ」１５７号（２０１５・５・20）「農場跡」改題
短い夏	「詩人会議」１月号（２０１６・１・１）
コスモスの畑	「詩人会議」１月号（２０１５・１・１）
水道検針の日	「詩人会議」２月号（２０２０・２・１）
夕暮れに	「詩と思想」11月号（２０１７・11・１）
十年ののちに	未発表
閉校の日に	『ここに学校があった』第２編（２０１４・11・29）

Ⅱ　風　景

死者と生きる　「詩人会議」1月号（2019・1・1）「詩二編」改題
　二月・ある死　五月・またある死
冬・国会　「詩人会議」2月号（2017・2・1）
　立　冬　午後のテレビ
総理の夏　「詩人会議」8月号（2016・8・1）
夏・日暮れに　「詩人会議」8月号（2018・8・1）
道理はひとつ　「詩人会議」8月号（2019・8・1）
落ちたおにぎり　「詩人会議」1月号（2013・1・1）
手造りの柩　「詩人会議」8月号（2017・8・1）
夏・妻の死　「しんぶん赤旗」（2016・7・18）
河内追分（阿蘇往還　一）　未発表
高　森　峠（阿蘇往還　二）　「風化」35号（2018・5）
白川水源（阿蘇往還　三）　「風化」35号（2018・5）
湧水公園（阿蘇往還　四）　未発表
立　野　宿（阿蘇往還　五）　未発表

あとがき

二〇一〇（平成十二）年、私の住む宮崎県が家畜の法定伝染病・口蹄疫に襲われてから十年がたつ。すでにしっかり立ち直った農家もあるが、農場や牧場を畳んでしまったところもたくさんある。何れにしろこの災厄の結末を真に見届けるには、あと二、三年は必要だと考えていた。

ところが、思いも寄らなかったコロナウイルス禍が、いまこの国を掩っている。新しい危機には、素早く対応しなければならぬ。という思いで、口蹄疫のその後を、本書にまとめることにした。

解決すべき課題はまだたくさんある。まだ私の筆の及ばない世界が残っている。結局、私が描いたのは、私の目に見える「風景」だけになってしまった。しかしこれが、私のいま為し得ることのすべてである。

この『十年ののちに』は、私の十一冊目の詩集になる。「自分がいま生きている現実に向き合わずして詩が書けるはずがない」という信念だけは、今回も変わることがない。しかしそのためには、私たちは多くの矛盾に耐えねばならない。

装幀は、前著と同じく、榊あずささんにお願いした。自分の書いたものは、自分の生きている土地で出版する――この考えも、これまでどおりだ。

二〇二〇年六月

著者

杉谷昭人（すぎたに　あきと）

1935（昭10）年　朝鮮鎮南浦府（現朝鮮民主主義人民共和国
南浦市）生

詩　集「日之影」（1965年　思潮社）
「わが町」（1976年　鉱脈社）
「杉の柩」（1982年　鉱脈社）
「宮崎の地名」（1985年　鉱脈社）
「人間の生活一続・宮崎の地名」（1990年　鉱脈社）
「村の歴史一続々・宮崎の地名」（1994年　鉱脈社）
「耕す人びと一宮崎の地名　完」（1997年　鉱脈社）
「小さな土地」（2000年　鉱脈社）
「霊山」（2007年　鉱脈社）
「農場」（2013年　鉱脈社）
「杉谷昭人詩集 全」（2017年　鉱脈社）

選詩集「杉谷昭人詩集」（日本現代詩文庫　95
1994年 土曜美術社出版販売）

評論集「詩の起原」（1996年　鉱脈社）

随筆集「詩の海　詩の森」（2013年　鉱脈社）

現住所　〒880-0036　宮崎市花ヶ島町三反田699-4

詩集　十年ののちに

二〇二〇年六月十九日　印刷
二〇二〇年七月　九　日　発行

著　者　杉谷昭人©
発行者　川口敦己
発行所　鉱　脈　社
〒八八〇-八五五一
宮崎市田代町二六三番地
電話　〇九八五-二五-一七五八
郵便振替　〇二〇七〇-七-二三六七

印刷所　有限会社　鉱　脈　社
製本所　日宝綜合製本株式会社